序文　花開くテコワールド

どっこ舎主宰　内城弘隆

手作りのかわいい詩集が誕生した。三十九編の詩が、ひとつひとつ輝きながら読み手を待っている。感動が湧く詩、考えさせられる詩、ハッと気付かされる詩、どれも名作だと思う。

平成十六年前後、早朝の新聞配達のなかで四季折々、時々刻々に変化する自然の営みや、それと呼応する自分の心との交流を作品にし[illegible]である。リズム感のあるこれらの詩を声[illegible]して読んでみると、希望やら優しさやら人[illegible]大切なものに出会える気がする。

[illegible]に始まり、童話、エッセー、巽聖歌顕彰、物[illegible]りと、ますますテコワールドが広がっている[illegible]する。

もくじ

きずな

過去と未来をつなぐ　きずな

人と人をつなぐ　きずな

家と社会をつなぐ　きずな

それは　なんだろう

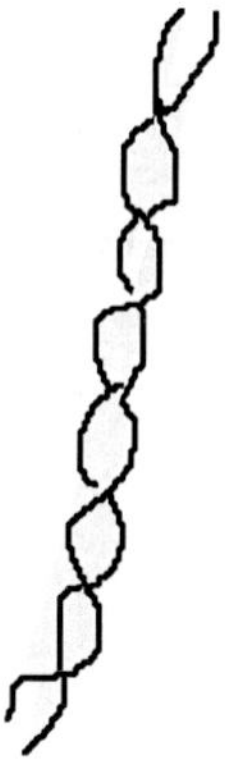

私の頭の吹き出しに亡父《ちち》が現れる。
金敷の上で真っ赤に焼けた鉄の棒を打っている。
ひたすら　トンテンカン　トンテンカン
私も負けない　チクチクチク　チクチクチク
父と私のリズムが重なる。

もう止まらないんだ。
前に進むだけなんだ。
どんどんスピードを上げる。
黒い布地のトンネルの向こうに
灯りが見えてきた。

針が銀色に光る機関車になったみたいだ。

タッチタッチ

タッチタッチ　頬にあたる空気
タッチタッチ　耳に聞こえる鳥の声
タッチタッチ　手で伝える心のリズム
タッチは前に進むエネルギー

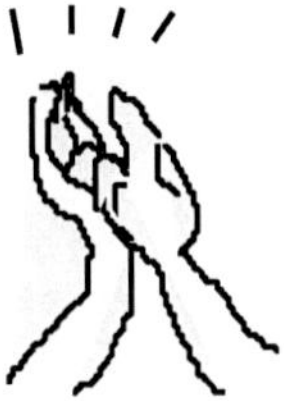

鉄と水

鉄と水　似ています
現れているかたちは全然ちがうけれど
似ています
様々にかたちは変えるけれど
あともどりすることはありません

鉄と水　似ています
他からの強い力で変わります
鉄の心と水の心
その間を行ったり来たりしている私の心

駆ける。
駆ける。
駆ける。
もう少しで次の駅に到着だ。

仕事

私の手はいつも布地の上で踊っている。
針を刺す場所を教えてくれるのは、
私の目ではない。
触った指が感じ取って私の手に教えてくれる。
そこに針を垂直におろす。

布地から素早く糸を引き出した途端、
糸はきれいな弧を描く。
私の手首がしなって糸が締まる。
平治親分の十手の縄にからまれたみたいに、
布地はもう観念しているようだ。

鉄も変わります
水も変わります
そして私も変わります

川

川が流れていきます。
私の心の中を川が流れていきます。
鳥たちの後を追うように川を見に行きました。
川の流れが昨日に比べて、早いか遅いか
強いか弱いか、その色が白いか青いか
それはわかりません。
でも確かに流れていきます。

夕べ、私の心に生まれた余計な疑いや心配も
みんな包み込んで流れていきます。
ずーっと前から変わりなく

これからずーっと後も変わりなく
流れていきます。
「今日一日を始めなさい」と
私の心の中の川に呼びかけます。

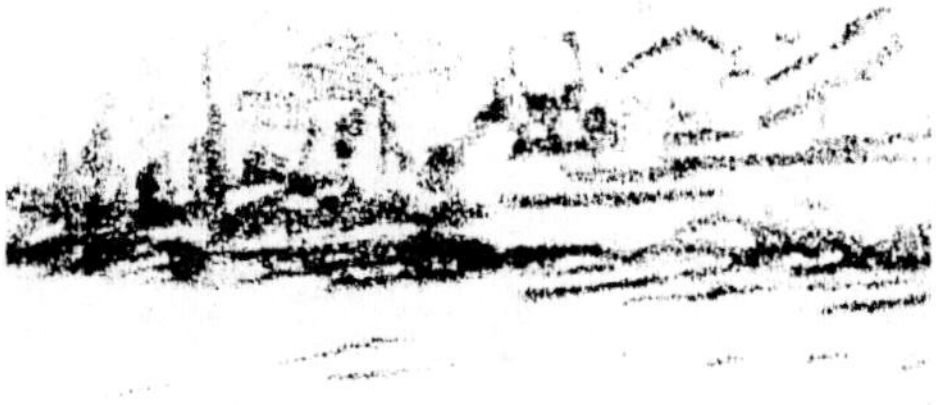

白き羽根

光り輝く草原で 羊の番する少年は
何も心配していません
いつも自然のささやきが
自分の心に聞こえます
何かが自分を守れりと
感じる心があるからです

砂漠の子供はどうでしょう
都会の子供はどうでしょう
人の心を思いやる　優しい心が育つのは
そばでやさしく語りたる 一人の人の声と目です

そんな仕事が出来たなら・・・
そんな仕事が出来たなら・・・

時には心の棘となり　自分を刺せる白き羽根
貯めたる羽根の束すべて
一本一本取り出して
渡して歩く仕事なら
自分に出来る仕事かも・・・
自分に出来る仕事かも・・・

瞳

感じるんです
瞳のきらめきが
同じだと

分かるんです
瞳の奥の
思いの深さ

私の瞳と　あなたの瞳
響き合って
どんな光を　放つかしら

インターネット

目に焼きついた風景　心に残ったお話
悲しい思い出や　楽しい夢も
なじんだ空気と風の中から　きのう台所に持ち帰った
ドロボーと呼ばれる草の実のように
誰かの心に運びたい

パソコンといわれる箱の中　知らない誰かに語ります
見えないものが働いて　知らない誰かに伝えます
伝えることに万能な　インターネットのクモの巣です
賢治がこの世にいたならば　どんなに喜び勇んだか
ホーホーと叫んでは　踊りながらめぐるかも

お空はひとつ

朝の五時　アパートの坂を下《お》りる
つるつるに凍った道の上に　さらっと降った小雪が
ダイヤモンドをまき散らしたように光る
月の柔らかい光が雪粒に当たって七色の光を放っている
まるでアラジンの魔法で開いた洞窟だ

こだつつ山の上に有る月が
恥ずかしそうに赤みを帯びている
東の山脈《やま》の後ろで出番を待っているお日様が
西の山脈《やま》に「今、出るからよー」と声をかけているのだ

西の山脈《やま》も東の山脈《やま》もお空でつながっているから
東の山脈《やま》の空に白い光の帯が立ってきた
出る　出る　出る　ピカリと光る
あっというまに光の瞬《まばた》きが　山のてっぺんを覆った
黄金色の光の輪を広がせながら
しずしずとお日様が出てきた

風は空気のリボンのようにお空を駆けめぐり
高い木の梢に　電線に
鳥の声帯や　私の声帯にも空気を送り込む
トントントンとやさしく　キュルキュルと元気よく
時にはキューンキューンと哀しく　音楽を奏でらせる

ラーララララララーラ
ラーララララララーラ

ラララララーララ
ラララララーララ

ほんのすこし

ほんのすこし　がまんすると　いいことがあるよ
ほんのすこし　がんばると　いいことがあるよ
ほんのすこし　やさしくすると　いいことがあるよ

ほんのすこし　ほんのすこし
ちゃんと見てるよ　お空の上で
誰かがちゃんと　見ているよ

☆

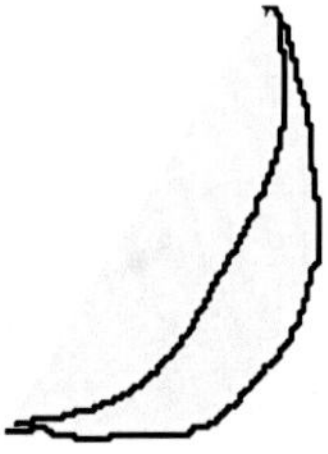

わすれんぼ

いっぽいっぽと進むたび
スッポンポオンとわすれちゃう
わすれたのが何なのか
それもわすれる　わすれんぼ

まなこに映って見えるもの
たべてみたくてたまらない
見たい、聞きたい、知りたいの
たいたいたいの　くいしんぼ

大きい音におどろいて
クルクル回って最初から
おなかに空気をおくりこめ
落ちつけ落ちつけ　あわてんぼ

まったくあきれた　しくじった
いつになったら　なおるかな
いつになっても　なおらない

人間

人間って　いいものです
神様がつくった　一番いいものです
人間は亡くなるとき　言葉を残します
なーんにも持っていかないけれど
言葉を残します

人間って　いいものです
最後に言葉を残します
言葉は宝物です
一人一人みんな違うけれど
言葉を残します　心の言葉です

神さま

心の中には神さまがいます
仏さまともいいます　呼び方はいろいろです
目には見えません

ひとりひとりの心の中に
その人にちょうどよい神さまがいます
ひとりじめの神さまです

いつでも話を聞いてくれます
いつでも見てくれています
だましたり　いじめたりしてはいけません

キチガイと刃物

キチガイと刃物　どちらも怖い
キチガイだけなら　怖くない
刃物だけなら　怖くない

キチガイは　刃物を持ちたがる
刃物は　人間の知恵の結晶だ
キチガイと刃物　どちらもなくせない

二つが一緒になると　とても怖い
キチガイと刃物　一緒にならなきゃいい
二つが一緒にならなきゃいい

心に風を　踵《かかと》に炎を

素晴らしい朝日が　水田を照らします
畦いっぱいに　赤や白や紫の芝桜が広がり
花びらを黄金色にふちどった水仙の株が
ポツポツと　それはそれはきれいで
まるで曼陀羅《まんだら》の世界

気持ちのいい風が水田をそよぎ　私の頬をなでる
心に風を感じながら、三、四のリズムで
螺旋の階段を　登っていこう
踵《かかと》にジェットエンジンの炎を燃やし
登っていこう

朝の目覚め

四時過ぎに夜が明けると
アパートの短いひさしの上で
雀がピチクリピーピーとさえずって
私を目覚めさせる

カラスが二羽鳴き交わしながら飛んでいった
その後ガーガーと威嚇するようなカラスの声
押し当てている頬に
タオル地のシーツの感触が心地よい

人間の五感の中で

赤ちゃんが最初に感じる感覚は何でしょう
あたたかく触れるぬくもりと　揺らされる心地よさ
かすかに感じる鼓動　うち寄せる念波

目でとらえることが出来るのは　一ヶ月も後のこと
神さまのものの作りの技術は　大したもの
その計画も手順も　よく考えられている

今度はねぼすけ鶯ホーホケキョ
他の小鳥も鳴き出せば　オーケストラは勢揃い
郭公だけは思いっきり目立った姿で出たいから
まだまだ登場しないのです

水の輪

ポトンと小石が一つ池に落ちました
落ちるまでには大変な苦労がありました
でもとにかく　落ちたのです

同じころ　近くに落ちた小石がありました
二つの小石とも最初の水の輪を作るのには
苦労しました

それはそれは長い間のがまんと
水との勇気ある話し合いが必要でした
でもとにかく

二つとも一つずつの水の輪を作りました
二つは休む間もなく　また長い間働いて
二つ目の水の輪を作りました
三つ目の水の輪が出来るとき
二つの水の輪は重なりました

そうすると　勢いがついたように
水の輪が広がっていきました
どんどん広がっていき　終いに
一つの大きい輪になりました

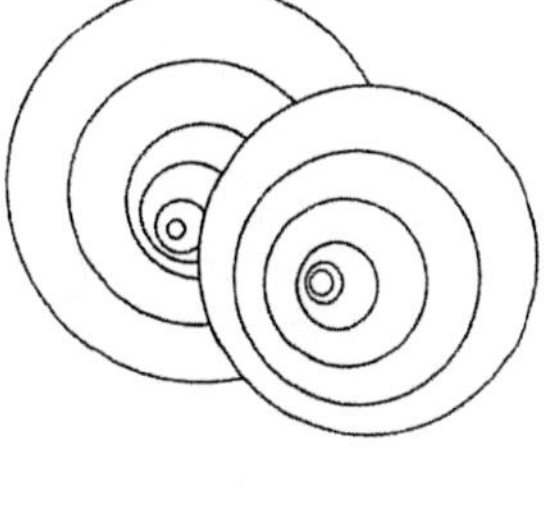

アリ

運動公園をひとめぐりして
大きなヤツデの木に来ると
なぜか足を止めたくなる

幹に手をかけると
重厚なコケラが
びっしりと覆っている

小さなアリがひとすじに上の方へ登っていく
よく見ると下ってくるアリもある
ぶつかって「ごめんね」とよけながら往来している

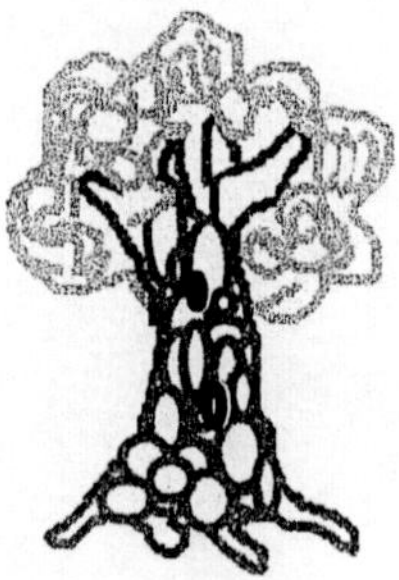

でこぼこに盛り上がったり窪んだりしている面を
右に行っては戻り　左に行っては戻り
それでもひとすじに登っていく

めっこにんじん

小さくてひび割れていて
畑のすみに捨てられそうだった
めっこにんじん
もらわれたのは新聞配達の私

「随分無理をしたんだな

がんばって背伸びして割れたんだ」
めっこにんじんは
南の国から来ている人の寮に届けられた
「きれいな色　明るい色
さっそくスープに入れましょう」

おいしいにんじん
栄養がいっぱい詰まったにんじん
捨てちゃうのは　もったいない

小さかろうが　割れていようが
ちゃんと役に立つんだよ

夏の到来

中学校を過ぎて北に向かうと
ちょうど正面に姫神さんが見えます
墨絵をぼかしたような雲の間に
黒々と美しい姿を見せています

空と地上とのせめぎ合いは鋭く
さっきまであった空は
一軒の家に配達して振り向くと
もうないのです

昨日まで地上に流された水滴が
どんどんものすごいスピードで
天空に吸われていきます
これは確かに夏の到来でしょう

そちこちの小山の林の間を
忙しそうな鳥の声が響き合います
いっぽ分け入って入ったなら
急激な変化におどろくでしょう

失うこと

夜を失って　朝が与えられる
昨日を失って　今日が与えられる
過去を失って　未来を与えられる
時は全ての人に平等に　与えられる

与えられることとは　失うこと
失うことは　与えられること
ただ魂だけは　失われない
魂だけは　与えられない

鳳仙花

畑の隅に植えられた鳳仙花
道の縁に植えられた鳳仙花

花の汁を爪にぬった
疲れて筋ばった堅い爪に
ささくれてギザギザの白い爪に

こぼれた花を拾って潰してみた
あでやかな匂いと紅《あか》い透明の汁
塗ったら爪が生き生きしたようだった

朝

薄ずみ色の雲の下
うろこ雲がポコポコと湧きだし
白い雲を光のほうきが掃いていった
ライトブルーの空が
清新な香りを運んでくる

東の山並みはモノトーンの配色で
重なり　連なり
そして静かに　朝の胎動を待っている
川の流れは　いつもと同じであろうか
それを比べることは出来ない

鳥の群が　南に向かって飛んでいく
「人は何のために　生きていくのか？」
ふと湧いた疑問への答え
「愛の営みのために・・・」
今日の一日が始まる

伝達

高い高い　空の上から見たとしたら
しわしわの間の　小さな小さな
吹きだまりのような我が町
水分をたっぷり含んだ　奥の奥の方で
光り輝くものがある

余計なものを増やし続けてきた人間が
その間違いに気づいたからといって
それをなくすことは出来るであろうか
与えられ続けてきた子供が
与える人間に成長できるであろうか

伝達することは？
その伝達手段は？

ウォーミングアップ

空一面に広がった
切れ切れの雲のはじっこが
ほんのりと朱《あか》く染まっている

配達が終わると
雲の間から押し出された朝が
ドーム状に広がっている

朝のウォーミングアップが終わった

待つこと

待つことは　いい
それは　何故
何かが得られるから

待つことは　いやではない
それは　何故
信じているから

待つことは　楽しい
それは　何故
夢が　ふくらむから

北上川

紫波橋を渡る
段々に重なった山が
手前は濃く、向こうはぼやけて
空といっしょになる

角が削られた東の山は
やさしくお日様を迎える
この山の一番高いところでは
海をのぞむことができる
屏《びょう》風《ぶ》のなくなった大地は
にわかに明るくなる

西の山は深い
押し合いへし合い　押しくらまんじゅうをして
ポコンポコンと　自分を主張している
お日様は　喧嘩をしないよう
今日はとんがり帽子の南昌山の肩
今日は東根山の平らな峯と　順々に
ストンストンと沈むのだ

西の山と東の山　小さな流れも大きな流れも
一つにまとめて流れる川　北上川
その源流の山は裾を綺麗にたなびかせ
幾筋もの細い流れを大きな流れへ押し出してくれる

褐色に盛り上がってドードーと流れるときも
鳥の歌に誘われるようにトートーと流れるときも
お日様に照らされてキラキラと流れるときも

全てのことを覆い　休むことなく流れている
繰り返し繰り返し　休むことなく流れている

山

地表から放たれた水蒸気が
水煙となって霧や靄となり　雲を形づくる
偏西風で掃き清められた雲に
上りはじめたお日様が彩りを添える

山は浮島のように静かに現れ
そのおごそかさに息をのむ
…のためにと　決めることもしない
…だったらと　期待することもしない
雲に頼ることも　お日様に頼ることもしない
ただじっと　自分を見つめ

自分を頼りにしている

魂

小さいときは
ネズミの赤ちゃんやコウモリの赤ちゃんを
平気で触って　寝かせつけようとした

蛇を見ようと線路を歩いて
汽車に追いかけられた
高い屋根の上に登ったり
土手から転がり落ちて楽しんだ

今はそれができない　どうして？

一引く二がマイナス一だって覚えるようになったので
それができなくなったのかしら？
でも　もう分からなくなったときには戻れない

覚えなくていいこともたくさんある
分からなくていいこともたくさんある
それなのにみーんな
覚えよう　分かってしまおうと努力している

ときどき心だけ子供に戻って
みんなを振り回している人がいる
もう子供には戻れないのに・・・

もしも死んでしまって

生まれ変わるとしたら　どうだろう
生まれ変わって　どこかの国の生まれてくる子供に
魂を乗り移せるとしたら　どうだろう

そう考えると　楽しい
できるだけいい魂にしておこう

スローランナー

「お母さん、歩くよりゆっくりでも走る方がいいよ」
息子の言ったことだ　間違いはないだろう

ようっし　走ってみよう　いくらゆっくりでも
かかとを着いた途端　すぐ離して前に出せば
走ったことになるのだろう

ゆっくりゆっくり走り出した
ハッハッハッハッ　四拍子のリズムで息を吐く
これなら何とかいけそうだ
足の底がカッカッと熱くなってきた
体もポッポッと燃えてきた

公園を一周すると　土手から川が見える
少し下がった　六段目の階段に立つ
北に城山　南に鎮守の緑
目の前の山に祖母の顔が浮かぶ

それが　スローランナーへのごほうび
どんなに　ゆっくりでもいい　走っていたい

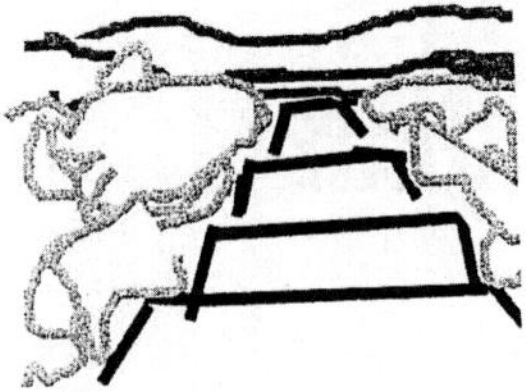

立木

川には霧が立ちこめ
山は靄でかすんでいる
ただ　遠い山のいただきに
くっきりと見える立木だけが
その練り合わされたきっさきを
天に向けて突き出している

居並ぶ全ての立木が
曲がらずにまっすぐに　突き出ている
真っ白に澱みを含んだ世界の中で
ただ立木だけが色濃く現れる　次々と現れる

今、何千年と生きてきた立木に
ハイライトが当てられる
時の流れの中で
そのチャンスをつかんだのだ

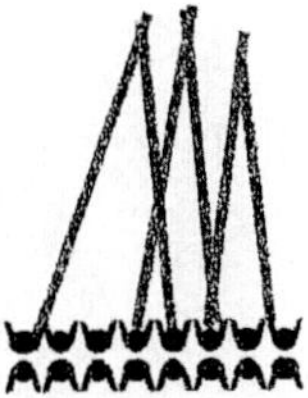

ふるさと

台形の東根山は　やっぱり
この七久保から見るのが　いい
三角の南昌山は　やっぱり
仕事をしている　又兵ェ新田から見るのが　いい
岩手一の岩手山は　やっぱり
勉強をした　盛岡の杜陵から眺めるのが　いい
他の子供より　やっぱり
不出来でも自分の子供がかわいい
熱いベトナムより　やっぱり
冬の寒い　この日本が　いい

年を取って何もできなくなったおじいさんが
「痩せても枯れても　おれは日本人だ
日本のためだったら・・・」と言った
おばあさんが
「そんなことを言っても・・・」と口ごもる
話を聞いたスイス生まれの神父さまが
「やっぱし」と言った
どうやら人間は　そういうものらしい

あるがまま

東の山の稜線が　青黒く澱む空に
区切りをつけるように　色濃く波うっている
西の山がちぎれ雲からもれるお日様のスポットで
牛のまだら模様のように　光っている

斯波城の支城　館神さんは
北上川を挟んで　城山と向かい合い
おおいかっぷさるような
杉木立がそそり立つ上にある

村の男衆が　取り入れ前の朝

神社の案内板を立て替えていた
社《やしろ》に拝殿し
祀《まつ》っている神さまと勧請《かんじょう》した観音さまを
子々孫々と何百年も手を合わせ
あるがままを受け入れてきた人々の結束は堅い

看板・案内

紙カップのジャムの中アルミ蓋に
「お買い上げいただきましてありがとうございました。
徹底した品質管理のもとに製造しております。
どうぞ、ご安心の上、美味しさをお楽しみ下さい。」
と書いてある

何故かとても感動した
看板は心意気
案内は思いやり

秋草

東の山がのっぺりとだんだらに続いている
ふかしすぎた餅が流れたように横たわって
まるで熱さを吹き出したあとの体のようだ

収穫する前に　ちょっと待って
冬になる前に　ちょっと待って
紡ぎ出す前に　ちょっと待って

畦の水引き草が　つぶつぶの紅《あか》い花をつけるから
道ばたの小菊が　かわいい黄色い花をつけるから
庭の都わすれが　ぱらぱらと紫の花をつけるから

なくしたくないもの

なくしたくないもの
それは　人を思う心

なくしたくないもの
それは　瞳のかがやき

時

うすずみ色の空
寒さが　しのびよって
小さくて　やせた蛙が
ペタンペタンと　はねていく
冬のアノラックを着た女《ひと》が
杖で栗のイガをひらいている

小鳥たちが　とても忙しそうに
公園のメインストリートをとびまわり
大きな八つ手の枯れ葉が風に舞う
一年前はどうだったかしら

五年前はどうだったかしら
十年前は・・・

ひもで作る私の輪投げ

この私の輪投げを見て多少でも手工芸品に興味を持つ人は「この中に何を入れたの？」とききます。私が「何も入れていないよ、布ひも１６本で組むのよ」と言うとびっくりします。その顔を見ると、私は心の中で少しだけ得意になるのです。

２色のひも１６本を組んでいくとその組み合わせの数式は、１６！÷１６×１５＝８７１７８２９１２００（通り）となります。（＊、！＝このびっくりマークは数学では階乗といいます）

計算では、なんと872億通りぐらいの立体版の幾何学模様が出来ることになるのです。

おおむね人間が家などを作る場合、たいていは側から作っていきます。もちろん中心はいつも意識していなくてはいけませんが、自然界では人間さえも全てが中心から(そのタネから)作られていきます。

なるほど組み紐を教えてくれた阿部先生が「リリアン編みと組み紐では全然違う」と言っていた訳はここにあったのです。確かに中心から作っていくものと側から作っていくものとではその工法も仕組みも全然違ってくる訳です。

子供

自分が潰《つぶ》そうとしている虫に
「いいの？」と尋ねる幼子
ああ　愛《いと》しや

童話の本を出したいと言う母に
「千部は出さなくちゃ！」と言う息子
ああ　愛《いと》しや

作者紹介　畠山貞子

昭和２３年　紫波町日詰の萬之助鍛治末代恭三の二女として生まれる
昭和４１年　盛岡第二高等学校　卒業
平成　元年　朝の新聞配達を始める
平成１０年　杜陵高等学校通信制の科目生として６年間学ぶ
平成１４年　縫製工場を退職
　　　　　　盛岡職業訓練校でパソコンＯＡデザインを履修
　　　　　　郷土に関する取材、執筆活動をする《どっこ舎》所属
平成１６年　そんなに古くない日詰の昔話『かじやの権三』出版
平成１７年　町の小さな文化館「権三ほーる」開設
　　　　　　復活した井戸水を利用「水に学ぶ物づくり」を開始
平成２１年　心で語る童話集『一杯の御飯』出版
平成２２年　盛岡タイムス郡山編集室・紫波ネット編集室
　　　　　　「巽聖歌の童謡詩」①～㉝まで連載
平成２５年　紫波新聞に「巽聖歌の童謡詩」㉞より連載中
平成２６年　そんなに古くない日詰の昔話『続・かじやの権三』出版

著者・編者　　　畠山貞子
さし絵　　　　　橋本和子
発行　　畠山貞子（町の小さな文化館「権三ほーる」館主）
〒 028-3305　岩手県紫波郡紫波町日詰字郡山駅１８７－１
TEL & FAX　019-676-5796 E-Mail　hatakeyama206@ybb.ne.jp
印刷　　（有）ツーワンライフ
〒 028-3621　岩手県紫波郡矢巾町広宮沢１０－５１３－１９
TEL & FAX　019-681-8120　E-Mail　iihonnara@drive.ocn.ne.jp
製本　　水に学ぶ物づくり（権三ほーる内）
発行履歴　平成１６年　初版（手作り）
　　　　　平成１９年１１月　２版
　　　　　平成２８年　５月　３版 ＊秋に『瞳Ⅱ』発行予定